Hamlet

FichesdeLecture.com

Hamlet
(Fiche de lecture)

I. INTRODUCTION

L'auteur

William Shakespeare, né vers 1564 et mort en 1616, est un écrivain, poète et dramaturge anglais, et un des auteurs les plus importants de la littérature anglophone et mondiale. Ses pièces, qui sont à la fois de grands succès populaires et très appréciées des intellectuels de l'époque, triomphent dans les théâtres londoniens à la fin du XVIe siècle. Les critiques saluent le talent du dramaturge et ses descriptions très fines des aspects les plus complexes de la nature humaine. Shakespeare a écrit des comédies, des tragédies, des pièces historiques, dont beaucoup sont encore jouées aujourd'hui, connues mondialement et adaptées de nombreuses fois au cinéma. Parmi ses pièces les plus célèbres, on peut citer, *La Tragique Histoire d'Hamlet, prince de Danemark (Hamlet, Prince of Denmark), Roméo et Juliette (Romeo and Juliet), Othello ou le Maure de Venise (Othello, the Moor of Venice), Le Roi Lear (King Lear), Beaucoup de bruit pour rien (Much Ado About Nothing)* ou encore *Le Songe d'une nuit d'été (A Midsummer Night's Dream)*.

L'œuvre

La Tragique histoire d'Hamlet, prince de Danemark, plus souvent appelée *Hamlet*, est une des pièces les plus célèbres de William Shakespeare. Il s'agit d'une tragédie en cinq actes, qui met en scène un jeune prince danois souhaitant venger la mort de son père, autrefois roi du Danemark et assassiné par son propre frère. Pour mettre son projet à exécution, Hamlet va simuler la folie auprès des membres de la cour, avant de se laisser emporter par une colère dévastatrice aux conséquences tragiques. La pièce a été publiée en 1601, et jouée pour la première fois autour de 1600, les dates pour cette époque étant incertaines. Le lyrisme des répliques, les implications métaphysiques et la psychologie complexe des personnages ont fait de *Hamlet* une pièce de renommée mondiale, encore très jouée aujourd'hui et adaptée plusieurs fois au cinéma. La pièce a aussi inspiré de très nombreux peintres, écrivains, poètes et plasticiens.

II. RÉSUMÉ DE L'ŒUVRE

Acte I

Depuis quelque temps, sur les remparts du château d'Elseneur, deux gardes du palais font chaque nuit une bien étrange rencontre. Ils croisent le fantôme du précédent roi du Danemark, Hamlet père, qui erre jusqu'au lever du soleil sans jamais leur adresser la parole. Les deux soldats parlent de cette manifestation à Horatio, qui vient vérifier sur place qu'ils disent la vérité. Ces apparitions du fantôme d'Hamlet père leur rappellent à tous les exploits du passé, lorsqu'ils avaient vaincu le roi de Norvège, Fortinbras père. Une défaite que Fortinbras fils n'a toujours pas digérée et pour laquelle il prépare une revanche.

Au château, c'est Claudius, le frère d'Hamlet père, qui est assis sur le trône depuis la mort du roi. Il a pris pour épouse Gertrude, mère d'Hamlet et veuve depuis peu. Lors d'une entrevue, Claudius autorise Laërte, le fils de Polonius, à retourner étudier en France, tandis qu'il refuse à Hamlet la possibilité de retourner étudier à Wittenberg. Le jeune Hamlet est amer et il a du mal à cacher son ressentiment, car il regrette que le deuil de son père se soit si vite terminé. Il en veut aussi à sa mère de s'être rapidement remariée avec Claudius, le frère de son mari décédé.

La seule chose qui réconforte le jeune prince, c'est la vue d'Ophélia, fille de Polonius, dont il est amoureux et à qui il avoue ses sentiments. Mais le père d'Ophélia la dissuade d'ouvrir son cœur à Hamlet, car le rang de la jeune fille n'est pas digne de l'héritier du trône du Danemark.

Horatio rejoint Hamlet et vient lui parler du fantôme qui hante les murailles d'Elseneur. Hamlet décide de vérifier les propos d'Horatio et se rend sur place en plein milieu de la nuit. Il rencontre le fantôme, qui pour une fois semble disposé à parler. Le fantôme demande à Hamlet de le suivre et lui confie un terrible secret. Hamlet père a été assassiné par Claudius, son propre frère, et il demande à son fils de le venger, mais en veillant à épargner sa mère. Hamlet bouleversé par cette révélation fait jurer à Horatio et aux deux gardes qui l'accompagnent de ne jamais raconter ce qu'ils ont vu et entendu cette nuit-là.

Acte II

Depuis que son fils Laërte est parti à Paris pour étudier, Polonius craint qu'il ne se comporte mal et il envoie un espion en France pour s'en enquérir. La fille de Polonius, Ophélia, s'inquiète du comportement étrange d'Hamlet. Il semblerait que le jeune homme soit devenu fou, un malheur que Polonius attribue à son amour impossible pour elle.

Polonius décide de mettre le roi au courant de la situation. Il lui raconte comment Hamlet est tombé amoureux d'Ophélia, et pourquoi lui, père de la jeune fille, s'est opposé à cette union. Polonius est convaincu que c'est cette histoire qui est à l'origine de la folie passagère d'Hamlet, et pour l'aider à recouvrir la raison, le roi et sa nouvelle femme invitent des amis d'enfance d'Hamlet à Elseneur.

Ensuite, le couple royal accueille un ambassadeur tout juste rentré de Norvège, qui leur apporte de bonnes nouvelles. Le roi de Norvège a dissuadé son fils d'attaquer le Danemark et dirige à présent ses armées contre la Pologne. Il demande à Claudius l'autorisation de traverser le territoire du Danemark pour aller mener cette guerre contre son nouvel ennemi, et Claudius semble disposé à lui accorder cette faveur.

Les amis d'Hamlet le retrouvent et constatent qu'il est probablement devenu fou. Ils ne savent pas comment s'y prendre pour l'aider, tandis qu'en ville viennent d'arriver des comédiens qui joueront bientôt un spectacle au palais. La troupe de théâtre est reçue par Hamlet, qui leur demande de jouer une pièce en particulier à laquelle il souhaite ajouter quelques passages de sa composition. Les comédiens acceptent et se retirent, laissant Hamlet seul qui confie son plan au public : il va ajouter dans la pièce une reconstitution du meurtre de son père, et scruter les réactions de Claudius lors de la représentation. Si Claudius est troublé, Hamlet saura qu'il est bien coupable.

Acte III

Claudius projette d'envoyer Hamlet en Angleterre pour l'éloigner quelque temps du palais. De son côté, Hamlet donne ses dernières consignes aux comédiens et retrouve Horatio, à qui il demande de participer au piège qu'il est en train de mettre en place. Pendant la pièce, Horatio devra observer Claudius, et voir si le régicide est troublé par la vision de sa propre infamie.

Le spectacle commence et lorsque les comédiens jouent la scène écrite par Hamlet, qui lui-même commente les faits à voix haute et sur un ton ironique, Claudius ulcéré se lève et sort de la salle. Le roi et la reine sont furieux de l'attitude d'Hamlet pendant le spectacle.

Claudius convoque les amis d'enfance d'Hamlet et prévoit avec eux d'accélérer le départ du jeune prince pour l'Angleterre. Une fois seul, il repense au meurtre de son frère. Il regrette son geste et n'imagine pas qu'il puisse un jour être pardonné. Il tombe à genoux pour prier, sous les yeux d'Hamlet qui décide de remettre à plus tard son projet de meurtre. S'il tuait Claudius maintenant, Hamlet ne ferait qu'abréger les souffrances morales du roi et prendrait le risque de l'envoyer au paradis.

Il l'abandonne à son sort et part retrouver sa mère, qu'il accuse violemment d'être complice de Claudius et coupable de la mort de son père. Leur altercation est interrompue par une voix venue de derrière le rideau et qui appelle à l'aide. Pensant qu'il s'agit de Claudius, Hamlet donne un coup d'épée à travers le tissu et un homme tombe mort sur le sol. Il ne s'agit pas du roi mais de Polonius, et Hamlet toujours furieux ne regrette même pas son erreur.

Hamlet revient vers sa mère, mais le fantôme de son père apparait pour lui rappeler qu'il a juré d'être clément avec elle. Hamlet parle avec le fantôme tandis que sa mère est persuadée qu'il parle tout seul, et qu'il a totalement perdu l'esprit. Une fois le fantôme reparti, Hamlet raconte à sa mère ce qu'il sait sur Claudius et lui explique que sa folie n'est qu'une supercherie destinée à tromper le roi.

Acte IV

Gertrude retrouve Claudius et lui explique qu'Hamlet, dans un accès de folie, a tué Polonius. En revanche, elle ne dit rien sur les véritables intentions de son fils. Claudius est convaincu qu'Hamlet est devenu dangereux pour son entourage et lui ordonne de partir sur-le-champ pour l'Angleterre. Hamlet obéit mais ce qu'il ignore, c'est que son oncle va demander au roi d'Angleterre de l'assassiner dès qu'il aura posé le pied sur le sol anglais.

Au palais, Ophélie est devenue folle depuis la mort de son père. Elle déambule en proférant des paroles dénuées de sens, tandis que son frère Laërte revient à toute vitesse à Elseneur pour venger la mort de Polonius, convaincu que Claudius en est le principal responsable.

Horatio reçoit une lettre d'Hamlet, qui lui explique qu'il a été capturé par des pirates, et qui demande au seul ami en qui il ait confiance de le rejoindre sur le champ. Entre temps, Laërte est arrivé au palais pour réclamer vengeance, mais Claudius réussit à le convaincre que c'est Hamlet qui a assassiné Polonius. Ensemble, ils élaborent un plan pour se débarrasser de lui : Laërte, qui est la plus fine lame du royaume, provoquera Hamlet en duel et le tuera avec une épée empoisonnée. C'est alors qu'arrive une nouvelle terrible arrive au palais. Ophélie s'est noyée dans la rivière, et personne ne sait s'il s'agit d'un accident ou d'un suicide.

Acte V

Dans un cimetière, deux paysans sont chargés de creuser la tombe d'Ophélie et discutent pour savoir si la jeune fille s'est suicidée. Hamlet passe près d'eux, accompagné d'Horatio, et se demande quelle est la personne qui est sur le point d'être enterrée. Il explique à Horatio qu'il est revenu précipitamment au Danemark, lorsqu'il a appris que Claudius projetait de le faire tuer en Angleterre.

Un cortège royal entre dans le cimetière et Hamlet réalise qu'il s'agit de l'enterrement d'Ophélie. Laërte, fou de douleur, saute dans la tombe et réclame qu'on attende encore quelques instants avant d'ensevelir le corps de sa sœur. Hamlet apparait devant tout le monde et proclame qu'il était amoureux d'elle. Les deux jeunes hommes s'emportent, en viennent aux mains, mais ils sont rapidement séparés.

De retour au palais, le roi a parié publiquement que Laërte ne pourrait jamais défaire Hamlet dans un duel à l'épée. Hamlet, qui apprend la nouvelle, relève le défi par fierté, se précipitant sans le savoir dans le piège que lui ont tendu Laërte et Claudius.

Mais le duel ne tourne pas comme prévu. L'épée empoisonnée de Laërte blesse les deux combattants, tandis que Gertrude sans le savoir boit le vin empoisonné destiné à Hamlet. Gertrude et Laërte meurent, tandis qu'Hamlet, juste avant de succomber, blesse mortellement Claudius. Le roi s'effondre sur le sol et meurt aussi.

La cour du Danemark est décimée. Fortinbras qui revient de Pologne s'arrête à Elseneur pour saluer le roi. Il est reçu par Horatio qui s'apprête à lui raconter en détail la succession d'événements tragiques qui ont conduit à ce carnage.

III. PRÉSENTATION DES PERSONNAGES

- Hamlet

Hamlet est le fils de l'ancien roi du Danemark, Hamlet père, mort depuis quelque temps. Il a étudié à Wittenberg et a pour projet d'y retourner, jusqu'au jour où il apprend que son père a été assassiné par son oncle Claudius, devenu depuis le nouveau roi du Danemark.

Hamlet est un jeune homme sensible, qui a du mal à faire le deuil de son père, et d'une très grande droiture morale puisqu'il ne supporte pas que sa mère ait oublié si vite son précédent mari. Sa sensibilité peut se transformer en colère, et à partir du moment où il découvre les circonstances de la mort de son père, Hamlet est animé par un esprit de vengeance que rien ne peut calmer. Sa détermination n'a d'égale que sa fureur, qui le pousse à tuer un innocent et à menacer sa propre mère.

- Claudius

Claudius est le nouveau roi du Danemark. C'est un homme sans scrupules, sans morale, qui a eu autrefois une relation avec la femme de son frère. Le jour où cette histoire a été découverte, il n'a pas hésité à assassiner son frère, devenant du même coup le nouveau roi du Danemark. C'est un menteur fourbe et ambitieux, toutefois capable de repentance. Lorsqu'il est seul, Claudius avoue combien il regrette son acte, un péché qu'il estime impardonnable. On découvre alors un personnage moins manichéen qu'il n'y parait.

- Gertrude

Gertrude est la mère d'Hamlet et la nouvelle épouse du roi Claudius. Elle trompait son mari à l'époque où il était roi du Danemark, et cette relation adultère a conduit au meurtre de son époux. Elle s'est remariée très vite et Hamlet ne lui pardonne pas ce choix. Heureusement pour elle, elle est protégée par l'amour du roi défunt, qui, sous l'apparence d'un fantôme, demande à ce qu'elle soit épargnée.

- Polonius

Polonius est le père de Laërte et d'Ophélie. Il est lord chambellan et un des personnages les plus importants du royaume. Lorsqu'il apprend qu'Hamlet aime sa fille, il défend à celle-ci d'imaginer une possible relation avec le jeune prince, dont le rang est bien trop élevé pour elle.

Il est convaincu qu'Hamlet est devenu fou à cause de son amour déçu pour Ophélie, et cherche à comprendre le comportement étrange du jeune homme.

- Laërte

Laërte est le fils de Polonius. C'est un jeune homme fougueux et brillant, parti étudier en France. Il a tendance à mener une vie dissolue et déraisonnable, ce qui inquiète son père, qui va l'espionner pour savoir s'il se comporte bien lorsqu'il est à Paris. Il est aussi très adroit avec une épée et on dit de lui que c'est un des meilleurs escrimeurs du royaume. Lorsqu'il apprend que son père a été assassiné, il revient pour réclamer vengeance, et il est soutenu par tout le peuple danois.

- Ophélie

Ophélie est la fille de Polonius et sœur de Laërte. C'est une jeune femme qui possède beaucoup de charme, et Hamlet va tomber amoureux d'elle. Bien qu'elle ne soit pas insensible aux avances du jeune prince, elle ne peut y donner suite, car son père refuse qu'elle s'unisse avec un homme au rang si élevé. Très sensible, elle s'inquiète pour la santé mentale d'Hamlet lorsqu'il se comporte de manière étrange et elle perd la raison en apprenant la mort de son père. Elle sombre dans la folie et meurt en tombant dans une rivière, un accident qui a toutes les apparences d'un suicide.

- Horatio

Horatio est un ami d'Hamlet, le seul en qui il ait véritablement confiance. C'est lui qui prévient Hamlet des apparitions successives du fantôme, et c'est lui aussi qui l'aide dans son projet de vengeance. Jusqu'au bout, Horatio demeurera un ami fidèle, et à la fin du récit, lorsque tous les personnages importants sont morts, c'est à lui que reviendra la responsabilité de raconter les faits tragiques de cette période sombre de l'histoire du royaume.

IV. AXES DE LECTURE

– Structure et forme de la pièce

Une pièce baroque

Hamlet appartient à la littérature dite baroque, un courant artistique du XVIIIe siècle, qui s'étend à l'ensemble de l'Europe. La littérature baroque privilégie la sensibilité plutôt que le rationnel ou l'intellect, et provoque souvent la rencontre des contraires. Ainsi, le tragique se mêle au grotesque, tandis que la vérité se confond avec l'illusion. Les intrigues sont fréquemment complexes et susceptibles d'évoluer de manière non linéaire. Dans la littérature baroque, on retrouve la plupart du temps des foules de détails, des superpositions d'éléments, un foisonnement créatif et un gout pour les courbes et le mouvement. Enfin, l'amour et la mort sont deux motifs récurrents que traitent souvent les auteurs de la période baroque.

Pour de nombreuses raisons, *Hamlet* s'inscrit parfaitement dans ce courant littéraire et en premier lieu pour la profusion de personnages, de décors et de détails, véritable empilement qu'on ne retrouvera presque plus dans le théâtre classique, souvent plus épuré. Le thème de la mort est omniprésent dans *Hamlet*, que ce soit comme composante de l'intrigue (la mort du père), comme sujet de méditation (le monologue d'Hamlet), ou comme fonction symbolique et décorative (scène dans un cimetière, accessoires faits d'os et de crânes).

Shakespeare articule également l'opposition illusion/réalité dans *Hamlet* et pose des questions sur la notion de vérité. Par exemple, on peut douter de la version des faits à laquelle croit Hamlet et se demander si lui-même est sain d'esprit. Il est possible que le spectateur soit plongé dans un rêve ou une illusion, un procédé qui n'est pas sans rappeler d'autres pièces baroques européennes, par exemple, *La vie est un songe* de Calderón.

Le théâtre dans le théâtre est aussi un motif qu'affectionnent les auteurs baroques. Dans *Hamlet*, il se manifeste lorsque la troupe de comédiens sert de prétexte au jeune prince pour démasquer son oncle. Ce procédé a aussi été utilisé par Pierre Corneille dans *L'illusion comique*, et comme dans *Hamlet*, l'irruption du théâtre dans le théâtre est un moyen pour l'auteur de questionner son art, ses formes et ses fonctions.

Forme de la pièce

La pièce est découpée en cinq actes de longueurs égales, qui correspondent aux grandes évolutions de l'intrigue, et qui sont eux-mêmes constitués en scènes. Quant au texte, il est en vers, parfois rimés, parfois non rimés, et certains passages sont en prose.

On remarquera que l'auteur met en scène des personnages qui appartiennent à des catégories sociales très éloignées. En fonction de celui qui parle, Shakespeare emploie un registre soutenu (lorsqu'il s'agit de la cour, de la famille royale) ou un registre familier (par exemple pour les deux paysans qui sont chargés de creuser la tombe d'Ophélie).

Les dramaturges français du XVIe siècle et des siècles suivants ont signalé à plusieurs reprises que Shakespeare ne respectait pas les règles du théâtre classique, telles qu'eux les connaissaient en France. En effet, on peut le vérifier dans *Hamlet*, les unités de temps, d'espace et d'action ne sont pas observées, alors que c'est le cas dans le théâtre français ou dans la tragédie grecque. Toutefois, on ne peut pas en conclure pour autant que l'auteur s'oppose volontairement aux règles, car son héritage dramatique s'inscrit dans une tradition différente, celle du théâtre anglais.

L'unité de lieu est brisée lorsqu'Hamlet s'est éloigné d'Elseneur et qu'il croise sur sa route les armées de Fortinbras en partance pour la Pologne. Ce passage intervient après une ellipse qui enfreint l'unité de temps. Quant à l'unité d'action, elle est plus ou moins respectée : il s'agit principalement de l'histoire d'un fils qui veut venger son père. Toutefois, on note l'apparition d'intrigues secondaires, comme l'amour pour Ophélie et le basculement dans la folie de la jeune fille, mais aussi l'histoire de revanche guerrière animée par Fortinbras. Cependant, plutôt que d'évoquer une unité d'action non respectée, on peut parler plutôt d'une complexification de l'intrigue, figure de style caractéristique de la période baroque.

Peut-on parler d'une tragédie ?

Plusieurs auteurs français, dont Voltaire, ont affirmé concernant les pièces de Shakespeare qu'on ne pouvait pas parler de tragédie au sens classique. Les critiques français préféraient parler de drame ou de mélodrame, à cause du non-respect des unités de temps, d'espace et d'action, mais aussi parce que Shakespeare a souvent mélangé les genres.

L'auteur utilise à la fois le vers et la prose, mais surtout, il ne sépare pas les registres comique et tragique. Ce qu'on constate dans *Hamlet*, c'est ce que Victor Hugo appelait, dans la préface de *Cromwell*, la rencontre du sublime et du grotesque. C'est ce mélange très shakespearien des registres qui a beaucoup inspiré Hugo, lorsque l'écrivain français a posé les bases du drame romantique, en voulant notamment s'opposer à la tradition classique du théâtre français. Il n'est donc pas étonnant que les auteurs français de la période classique aient refusé de parler de tragédie en évoquant Hamlet.

Cette superposition comique/tragique ou sublime/grotesque se manifeste plusieurs fois dans *Hamlet*. La mort, la vengeance et la fatalité, motifs tragiques par excellence, sont mélangées avec des situations bien plus triviales. Le comique surgit par le comportement parfois grotesque d'Hamlet lorsqu'il joue la folie, ou par ses répliques absurdes et désordonnées : « *Je vis du plat de caméléon : je mange de l'air et je me bourre de promesses* ».

Shakespeare met aussi en scène des moments burlesques, qui rappellent le comique de situation. Par exemple, le sage Polonius a tendance à se cacher souvent derrière les rideaux pour écouter les autres personnages. Situation caractéristique du burlesque de l'époque, mais qui a des conséquences tragiques : cette mauvaise manie de Polonius lui coutera la vie, suite à une méprise d'Hamlet qui le prend pour Claudius.

–   Illusions et réalité

À la recherche de la vérité

Hamlet est à la poursuite de la vérité. Vérité sur la mort de son père, vérité sur le sens de l'existence humaine, vérité sur la nature profonde du monde. Que ce soit dans le texte, ou comme élément constitutif de l'intrigue, cette idée est centrale dans l'œuvre de Shakespeare. Concernant l'action, la pièce repose sur ce principe : Hamlet apprend la vérité sur la mort de son père par la voix d'un fantôme. Cette première rencontre étonnante est une manière pour l'auteur de brouiller les pistes entre vérité et mensonge, réalité et illusion. En effet, c'est un fantôme qui révèle la vérité du passé à Hamlet et dès le début de l'intrigue, le spectateur est en droit de douter de ce qu'Hamlet vient d'apprendre. Pour celui qui ne croit pas aux fantômes, comment accorder du crédit à une information qui vient d'être révélée par un spectre venu d'outre monde ?

Dans sa quête de la vérité, Hamlet croit au récit du fantôme de son père, mais éprouve tout de même le besoin de vérifier par lui-même la véracité de ces révélations. Il organise donc une reconstitution du meurtre d'Hamlet père sur une scène de théâtre, dans le but de scruter les réactions de Claudius.

Claudius choqué sort de la salle. Mais a-t-il été troublé par la reconstitution d'un meurtre qu'il a commis autrefois, ou par les commentaires désobligeants proférés par Hamlet pendant la pièce ? Encore une fois, Shakespeare jette le trouble et la quête de la vérité semble sans réponse définitive, y compris après la mort de tous les personnages à la fin du dernier acte. Un épisode tragique qui n'apporte aucun éclairage et qui oblige à penser que la prétendue version des faits à laquelle Hamlet a crue, n'est peut être qu'une vérité parmi d'autres possibles.

Hamlet est-il fou ?

De nombreuses études sur *Hamlet* ont été publiées, et beaucoup posent cette question : et si Hamlet était fou ? S'il avait inventé lui-même toute cette histoire ? Après tout, lorsqu'il vient raconter sa version de la vérité à sa mère, elle lui répond : « *tout cela est forgé par votre cerveau* ». Étant donné l'époque à laquelle a été écrite la pièce, il est très difficile de connaitre les véritables intentions de l'auteur.

Mais cette hypothèse de la folie d'Hamlet est rendue possible grâce à plusieurs indices éparpillés dans le drame. En premier lieu, l'intrigue est construite sur une stratégie qui laisse planer un doute : pour s'assurer du succès de sa revanche, Hamlet va faire semblant d'être fou. Tout le monde au palais est donc persuadé qu'il a perdu la raison, tandis qu'Hamlet confie au spectateur qu'il n'en est rien.

On remarque que Claudius ne cherche pas à se débarrasser d'Hamlet parce qu'il aurait découvert la vérité sur le meurtre de son père, mais parce qu'il a peur que sa folie devienne une menace pour toutes les personnes qui habitent au palais. En définitive, penser qu'Hamlet n'est pas fou, c'est avoir confiance en lui plutôt qu'en tous les autres personnages de la pièce, puisqu'il est le seul à prétendre qu'il fait semblant. Et il est difficile de comprendre pourquoi pour pouvoir se venger de son oncle, il doit simuler la folie.

Un autre indice apparait lorsqu'Hamlet s'en prend (violemment) à sa mère. Le fantôme de son père surgit et lui demande d'être clément. Hamlet entame une conversation avec le fantôme devant sa mère, médusée, parce qu'elle est convaincue que son fils est en train de parler tout seul et à haute voix. Après tout, peut-être est-ce le cas ? On peut certes se remémorer qu'au début de la pièce, deux gardes et Horatio ont vu eux aussi le fantôme. Mais il ne leur a jamais adressé la parole. Il n'a parlé qu'à Hamlet, en lui faisant signe de se tenir à l'écart des autres avant de lui faire ses révélations.

Enfin, le comportement d'Hamlet est violent, sa soif de vengeance est excessive et démesurée. Sa colère l'amène à tuer Polonius et à aucun moment il ne regrette son geste. Hamlet n'a pas de scrupules non plus lorsqu'il s'en prend à Laërte venu venger son père ni lorsqu'il terrorise sa mère, qu'il est très proche d'assassiner.

La question est ouverte, aucune réponse ne sera définitive, mais c'est une lecture possible de la pièce, et qui se révèle tout à fait étonnante lorsqu'on lit l'histoire une seconde fois avec cette perspective à l'esprit.

Lecture psychanalytique

Parmi les différentes interprétations qui ont été faites d'*Hamlet*, beaucoup sont de natures psychanalytiques et freudiennes. Une précaution doit être prise avant d'évoquer plus en avant les similitudes entre psychanalyses freudiennes et le personnage d'Hamlet. Les termes de psychanalyse et de freudien sont, de manière évidente, anachroniques, puisque Shakespeare écrit plusieurs siècles avant Freud. À aucun moment il ne faudrait imaginer que Shakespeare ait pu penser les personnages avec ces concepts.

En revanche, dans la logique de Freud, on parle de schémas qui caractérisent l'inconscient des hommes et qui sont universaux. C'est-à-dire qui apparaissent à toutes les époques et dans tous les milieux. Les symptômes décrits par Freud pouvaient donc exister au XVIe siècle sans qu'on les ait identifiés à l'époque, et Shakespeare a pu construire le personnage d'Hamlet en appliquant des schémas psychanalytiques de manière intuitive, en observant les comportements humains et en les reproduisant sur scène sans nécessairement en comprendre les causes profondes.

Beaucoup de commentateurs contemporains ont rapproché le comportement d'Hamlet du complexe d'Œdipe décrit par Freud. Complexe qui consiste à vouloir, de manière inconsciente, tuer le père et s'accoupler avec la mère. Le meurtre (symbolique) du père serait une étape nécessaire au développement d'un être humain, mais Hamlet en est empêché par son oncle, qui a assassiné son père quelque temps auparavant. Toute la détermination d'Hamlet pour se venger sur son oncle et son basculement dans une folie destructrice laisse à penser que Claudius va alors devenir son père de substitution. Celui qu'il va devoir tuer pour prendre sa place et devenir un homme (et un roi). La psychologie du personnage violemment perturbée expliquerait ses hésitations lorsqu'il a la possibilité de tuer Claudius une première fois.

De la même manière, le complexe d'Œdipe, qui est aussi volonté d'accouplement avec la mère, pourrait être la cause de l'agressivité d'Hamlet envers Gertrude, à qui il reproche de *« courir avec une telle vivacité à des draps incestueux »*. Hamlet est très proche de tuer sa propre mère, ce qui montre des signes de perturbations psychiques évidentes. Ces lectures psychanalytiques d'Hamlet sont sujettes à caution, mais elles sont fréquentes et offrent des clés qui permettent d'appréhender la pièce dans son ensemble et d'en faire une analyse globale cohérente. Il appartient à chacun de se faire un avis sur la question.

– Du théâtre dans le théâtre

La mise en abyme

La mise en abyme est un principe qui consiste à inclure dans une œuvre une image d'elle-même. Par exemple, en peinture, ce serait un tableau qui montre le peintre en train de peindre ce même tableau. *Hamlet* est une pièce très connue pour avoir mis en œuvre ce principe, même si Shakespeare n'est pas le seul à s'en servir à l'époque baroque.

Dans la pièce, le principe de mise en abyme intervient lorsque Hamlet demande aux comédiens de jouer une reconstitution du meurtre de son père. Claudius va être forcé de revivre les horreurs qu'il a commises auparavant.

À ce moment du récit, le roi et les autres personnages se confondent avec le spectateur réel. Les personnages du récit suivent l'histoire d'*Hamlet* en même temps que le spectateur qui est dans la salle.

Si ce passage est resté célèbre dans l'histoire de la littérature, on peut aussi relever qu'à la fin de la pièce, Horatio s'apprête à son tour à raconter toute l'histoire que le spectateur a suivie. À ce moment du récit, tous les personnages importants sont morts et le jeune Fortinbras aimerait comprendre ce qui vient de se passer. Horatio s'approche pour lui dire : « *laissez-moi dire au monde qui l'ignore encore, comment ceci est arrivé* ». Horatio va transmettre l'histoire d'Hamlet au monde entier, et c'est Shakespeare lui-même qui se trouve mis en abyme à travers ce personnage.

Shakespeare et l'interprétation théâtrale

L'irruption d'une troupe de comédiens au château d'Elseneur n'est pas seulement l'occasion pour Shakespeare de procéder à une mise en abyme, elle lui permet aussi de confier ses réflexions sur le théâtre de son époque. L'auteur dénonce les conditions d'existence difficiles des comédiens, lorsque Hamlet dit à leur sujet qu'« *Une résidence fixe, et pour l'honneur et pour le profit leur serait plus avantageuse* ». Conditions de travail compliquées pour des acteurs dont très peu ont la chance de pouvoir investir un théâtre pendant une longue période.

Shakespeare critique aussi les comédiens de son époque et les modes de jeu qui les caractérisent, puisque Rosencratz dit d'eux qu'il s'agit « *une nichée d'enfants, à peine sortis de l'œuf, qui récitent tout du même ton criard* ». De la même manière, Hamlet leur donne quelques conseils d'interprétations et les prévient : « *si vous la braillez, comme font beaucoup de nos acteurs, j'aimerais autant faire dire mes vers par le crieur de la ville* ». Bien que l'auteur défende les comédiens, il n'apprécie pas pour autant que ses pièces et ses écrits soient dénaturés par ceux qui manquent de talent pour monter sur scène.

Shakespeare considère que chacun doit rester à sa place, l'auteur écrit, l'acteur interprète, et à chacun son art. Si un passage est comique, c'est parce que l'auteur l'a écrit ainsi, et il ne sert à rien de vouloir ajouter du comique au comique, car ce serait prendre le risque de tuer le texte. Une raison qui pousse Hamlet à dire aux comédiens venus au château : « *et que ceux qui jouent les clowns ne disent rien en dehors de leur rôle !* ».

Shakespeare et la dramaturgie

Le principe du théâtre dans le théâtre est aussi l'occasion pour Shakespeare de donner son point de vue sur l'art de la dramaturgie, après avoir donné son sentiment sur les comédiens et l'interprétation.

Pour Shakespeare, le théâtre a d'abord *« pour objet d'être le miroir de la nature »*. C'est sa fonction première, et par *« nature »*, il faut entendre les hommes, leurs actes, leurs sentiments, leurs comportements, etc. Le théâtre est le reflet d'une société et d'une époque, et donc l'occasion d'en montrer les travers et les défauts. Pour cette raison, Shakespeare considère que *« toute exagération s'écarte du but du théâtre »*. Qu'il s'agisse de comédie ou de tragédie, il faut veiller à conserver une vraisemblance et une proximité avec le réel qui vont donner toute sa puissance au drame qui se joue. L'exagération est dangereuse, car elle casse les ressorts comiques ou tragiques, et elle altère la portée critique des pièces. Il s'agit de trouver un juste équilibre entre réalité et fiction.

L'auteur ajoute avec sagesse qu'une pièce peut être *« beaucoup plus belle par la simplicité que par la recherche »*. Parfois, trop de sophistication porte atteinte à la valeur d'un texte, alors que la simplicité est une vertu artistique importante. Hamlet en donnant son sentiment sur la manière d'écrire et en prodiguant ses conseils aux acteurs, permet à Shakespeare de transmettre son jugement esthétique sur l'art de la dramaturgie.

Dans la même collection en numérique

Les Misérables

Le messager d'Athènes

Candide

L'Etranger

Rhinocéros

Antigone

Le père Goriot

La Peste

Balzac et la petite tailleuse chinoise

Le Roi Arthur

L'Avare

Pierre et Jean

L'Homme qui a séduit le soleil

Alcools

L'Affaire Caïus

La gloire de mon père

L'Ordinatueur

Le médecin malgré lui

La rivière à l'envers - Tomek

Le Journal d'Anne Frank

Le monde perdu

Le royaume de Kensuké

Un Sac De Billes

Baby-sitter blues

Le fantôme de maître Guillemin

Trois contes

Kamo, l'agence Babel

Le Garçon en pyjama rayé

Les Contemplations

Escadrille 80

Inconnu à cette adresse

La controverse de Valladolid

Les Vilains petits canards

Une partie de campagne

Cahier d'un retour au pays natal

Dora Bruder

L'Enfant et la rivière

Moderato Cantabile

Alice au pays des merveilles

Le faucon déniché

Une vie

Chronique des Indiens Guayaki

Je voudrais que quelqu'un m'attende quelque part

La nuit de Valognes

Œdipe

Disparition Programmée

Education européenne

L'auberge rouge

L'Illiade

Le voyage de Monsieur Perrichon

Lucrèce Borgia

Paul et Virginie

Ursule Mirouët

Discours sur les fondements de l'inégalité

L'adversaire

La petite Fadette

La prochaine fois

Le blé en herbe

Le Mystère de la Chambre Jaune

Les Hauts des Hurlevent

Les perses

Mondo et autres histoires

Vingt mille lieues sous les mers

99 francs

Arria Marcella

Chante Luna

Emile, ou de l'éducation

Histoires extraordinaires

L'homme invisible

La bibliothécaire

La cicatrice

La croix des pauvres

La fille du capitaine

Le Crime de l'Orient-Express

Le Faucon malté

Le hussard sur le toit

Le Livre dont vous êtes la victime

Les cinq écus de Bretagne

No pasarán, le jeu

Quand j'avais cinq ans je m'ai tué

Si tu veux être mon amie

Tristan et Iseult

Une bouteille dans la mer de Gaza

Cent ans de solitude

Contes à l'envers

Contes et nouvelles en vers

Dalva

Jean de Florette

L'homme qui voulait être heureux

L'île mystérieuse

La Dame aux camélias

La petite sirène

La planète des singes

La Religieuse

1984 A l'Ouest rien de nouveau

Aliocha

Andromaque

Au bonheur des dames

Bel ami

Bérénice

Caligula

Cannibale

Carmen

Chronique d'une mort annoncée

Contes des frères Grimm

Cyrano de Bergerac

Des souris et des hommes

Deux ans de vacances

Dom Juan

Electre

En attendant Godot

Enfance

Eugénie Grandet

Fahrenheit 451

Fin de partie

Frankenstein

Gargantua

Germinal

Hamlet

Horace

Huis Clos

Jacques le fataliste

Jane Eyre

Knock

L'homme qui rit

La Bête humaine

La Cantatrice Chauve

La chartreuse de Parme

La cousine Bette

La Curée

La Farce de Maitre Pathelin

La ferme des animaux

La guerre de Troie n'aura pas lieu

La leçon

La Machine Infernale

La métamorphose

La mort du roi Tsongor

La nuit des temps

La nuit du renard

La Parure

La peau de chagrin

La Petite Fille de Monsieur Linh

La Photo qui tue

La Plage d'Ostende

La princesse de Clèves

La promesse de l'aube

La Vénus d'Ille

La vie devant soi

L'alchimiste

L'Amant

L'Ami retrouvé

L'appel de la forêt

L'assassin habite au 21

L'assommoir

L'attentat

L'attrape-coeurs

Le Bal

Le Barbier de Séville

Le Bourgeois Gentilhomme

Le Capitaine Fracasse

Le chat noir

Le chien des Baskerville

Le Cid

Le Colonel Chabert

Le Comte de Monte-Cristo

Le dernier jour d'un condamné

Le diable au corps

Le Grand Meaulnes

Le Grand Troupeau

Le Horla

Le jeu de l'amour et du hasard

Le Joueur d'échecs

Le Lion

Le liseur

Le malade imaginaire

Le Mariage de Figaro

Le meilleur des mondes

Le Monde comme il va

Le Parfum

Le Passeur

Le Petit Prince

Le pianiste

Le Prince

Le Roman de la momie

Le Roman de Renart

Le Rouge et le Noir

Le Soleil des Scortas

Le Tartuffe

Le vieux qui lisait des romans d'amour

L'Ecole des Femmes

L'Ecume Des Jours

Les Bonnes

Les Caprices de Marianne

Les cerfs-volants de Kaboul

Les contes de la Bécasse

Les dix petits nègres

Les femmes savantes

Les fourberies de Scapin

Les Justes

Les Lettres Persanes

Les liaisons dangereuses

Les Métamorphoses

Les Mouches

Les Trois mousquetaires

L'étrange cas du Dr Jekyll et de Mr Hyde

L'Ile Au Trésor

L'île des esclaves

L'illusion comique

L'Ingénu

L'Odyssée

L'Ombre du vent

Lorenzaccio

Madame Bovary

Manon Lescaut

Micromégas

Mon ami Frédéric

Mon bel oranger

Nana

Ne tirez pas sur l'oiseau moqueur

Notre-Dame de Paris

Oliver twist

On ne badine pas avec l'amour

Oscar et la dame rose

Pantagruel

Le Misanthrope

Perceval ou le conte du Graal

Phèdre

Ravage

Roméo et Juliette

Ruy Blas

Sa Majesté des Mouches

Si c'est un homme

Stupeur et tremblements

Supplément au voyage de Bougainville

Tanguy

Thérèse Desqueyroux

Thérèse Raquin

Ubu Roi

Un Barrage contre le Pacifique

Un long dimanche de fiançailles

Un secret

Vendredi ou la vie sauvage

Vipère au poing

Voyage au bout de la nuit

Voyage au centre de la terre

Yvain ou le Chevalier au lion

Zadig

À propos de la collection

La série FichesdeLecture.com offre des contenus éducatifs aux étudiants et aux professeurs tels que : des résumés, des analyses littéraires, des questionnaires et des commentaires sur la littérature moderne et classique. Nos documents sont prévus comme des compléments à la lecture des oeuvres originales et aide les étudiants à comprendre la littérature.

Fondé en 2001, notre site FichesdeLectures.com s'est développé très rapidement et propose désormais plus de 2500 documents directement téléchargeables en ligne, devenant ainsi le premier site d'analyses littéraires en ligne de langue française.

FichesdeLecture est partenaire du Ministère de l'Education du Luxembourg depuis 2009.

Plus d'informations sur www.fichesdelecture.com

Notes :